Anneliese Vitense

# Sieben blaue Bäume

Herausgeber:

Rudolf Stirn

Anneliese Vitense

# Sieben blaue Bäume

## Gesammelte Gedichte

Mit Illustrationen
der Autorin
und einem Geleitwort
von Jürgen Seeger

ALKYON VERLAG

Die Deutsche Bibliothek - CIP-Einheitsaufnahme

Vitense, Anneliese:
Sieben blaue Bäume : gesammelte Gedichte /
Anneliese Vitense. - 2. Aufl. -
Weissach i. T. : Alkyon-Verl., 1999
ISBN 3-933292-01-8


ALKYON VERLAG
Gerlind Stirn
Lerchenstr. 26
71554 Weissach i.T.

Druck und Verarbeitung:
Gruner Druck GmbH Erlangen

Illustrationen: Anneliese Vitense

ISBN 3-933292-01-8

## Mohn

Es war der erste Mohn
in diesem Sommer
rot!
Rot bricht er
aus den Gärten
willst ihn haben
halten
bist Mohn einzig
unter allen
zerknitterte Hauchseide
schwarzes Auge
voll Schlaf.

## Zugvögel

Eine Vogelwolke
fällt herab
fällt ein
in Straßenhecken
neben mir
nie sah ich
solch ein Stürzen!
Im Flug
jäh fallend
und federnd
aufgefangen
eine Wolke
voll Gesang.

## Oder auf Blau

Tanze, tanz
tanz ohne Füße
ohne Hände
tanz mit den Augen
den Gedanken
tanze den Tanz
der Verzückten
den Mückentanz
der Verzagten
den gemessenen Schritt
der Entrückten
laß es nicht zu
daß einer den andern
zerbricht
laßt es nicht zu!

Traumtänzer
immer weiter
dreh dich weiter
auf orangefarbenen Zeichen tanz
oder auf Blau!

## Wirklichkeiten

Das Training
des Tänzers
und der

von der Erde
ihn lösende

Tanz.

# ...keine bleibende Statt

Jedes Ding
hat seinen Ort,
Stockrosen auch,
Wiese und Baum -
Umzüge - Einzüge
Auszug
Entzug -

Vögel ziehen
Wind zieht
Wolken ziehen
Wege ziehen sich
dahin
endlos -

wurzellos
verlassen
loslassen
lassen.

## Abschied

Auf meine Hände
leg dein Gesicht
und das Gewicht
der Seele

Zeit ist nicht
und nirgends Ort
du bist zu Haus
nur diesen Augenblick

Ein Wort laß da
Brotwort
davon ich essen kann
hungerjahrelang

## Ein Tag mit Freunden

Mit ihnen
durch Schachtelhalm
und Pestwurzwald
den Fluß entlang
über den Steg

Heckenrosen
die sich hoch
in den Ästen
eines Baums
verfangen

und auf dem Heimweg
das kleine Mädchen
sagen hören
„Das war der schönste Tag
der Welt".

## Der Spatz

Am Straßenrand
lag gestern noch
ein toter Spatz
Es war in einer
großen Stadt
an einem sehr
belebten Platz.
Wo mag er ruhn
der Federleichte
vielleicht verdeckt
von rotem Laub

Es wird am Saum
der Zeit
nun auch für ihn
ein Körnchen liegen.

Ein Flöckchen Staub
und doch
er konnte
fliegen!

## Unter dem großen Töpfer

Da ist der Augenblick
in dem du hundert wirst
oder tausend Jahre
alt
hundertmal verstoßen
hautlos
zerbrochen
und schon genötigt
schon beginnend
ein neues Gefäß
zu formen.

## Einem Toten

Und Blumen werden blättergrün
es lächeln
die sich sanft entziehen
sie wissen nichts
vom Marmelstein
der senkt sich tief
in sie hinein
die Karten
sind mit Sand gemischt
und alle Tränen
abgewischt.

Es fallen
in den Schoß der Zeit
die sich verbunden
und entzweit
tief innen
sprang ein sprödes Glas
das Maß, das gilt
nie jemand maß.

## Schlaf

Von Spinnwebfäden
abgefangen
mohntief sinken ein
in Moos
Falter und Viole
nachtverwandt
löschen
eine dunkle Schrift.

## Schwelle

Irgendwann
werd ich
meine Tür
nicht öffnen
und lachend
über die Schwelle
gegangen sein.

## Altes Lied weht vorbei

Ich weiß es nicht
ich weiß es nicht
es fiel ein Stein
in mein Gedicht
das von dir singt
wie Herz zerbricht
wie Herz zerbricht.

Du weißt es nicht
du weißt es nicht
es fiel ein Licht
in dein Gesicht
es sank so tief
du sahst es nicht
du sahst es nicht.

Wir wissen nicht
wir wissen nicht
wir gehn vorbei
und sehn uns nicht
was wir verlorn
hat kein Gewicht
wir wissen nicht ...

## Japanisches Schwert

Auf der Verlustliste
der Liebe
ein Name mehr
und wieder ein
Umschmieden
des Stahls
solang
bis er
nicht mehr
bricht.

## Altes Portrait

Auch schwache Tage
haben ihren Trost
bisweilen
und Nächte voller Poesie
im Zwiegespräch
mit einem Bild.

Wie lange noch
verlöschen wann
und namenlos -

## So sagt man

Vor fünftausend Jahren
sie haben gelacht
sagt man
die Thraker
wenn sie die Toten begruben
bei der Geburt eines Kindes
geweint.

Und sie tranken
aus goldenen
Schalen.

## Im Flug

Morgen schon
kann
die Welt
verändert sein
nichts mehr sein
wie es einmal
war
Einschnitt
und neues Maß
klammer dich
an nichts
handbreit
über dem Boden
kannst du alles
ertragen
vielleicht auch
das Glück.

## Herbst

Das an den Horizont streifen
das unvorstellbar Ferne jenseits
der Schallgrenze
Zeit
der alabasterfarbenen Rosen
Zeit auch
einen roten Luftballon
in den Himmel
zu werfen.

## Sieben blaue Bäume

In der Wohnung
deiner Träume
stehen sieben
blaue Bäume
und es blühen
davon sieben
seine Träume
muß man lieben
lieben auch
die blauen Tage
die sich senken
gleich der Waage
die sich gleich
der Waage senken
weil die Blütenbäume
welken
zwischen Wachen
zwischen Träumen
Tagen, Nächten
blauen Bäumen
wandern
aus vergeßnen Zeiten
in die ungewußten
Weiten.

## Freundlich

Kalt ist es
und doch
denn
viele Augen
schaun
auf dich
freundlich
wenn du
auf dem
Schwebebalken
gehst
und folgen dir
bis du
zuend gegangen
bist
und hinaus
aus dem
Blickfeld.

## Auf dieser Erde

Auf der Erde liegen
und horchen
und atmen
und Geruch von Gras.

Raum lassen
zwischen ihr und dir
abzufangen
den Stoß.

Was
entgegensetzen
dem Ungeheuerlichen!

## Unnennbar

Du bist in mich
eingebrochen
es nimmt mir die Luft
muß mit dem Wort
in die Knie gehen
ihm auf den Grund gehen
mit ihm
zugrund gehn -

Du bist unnennbar
Du hast mich getroffen
ausgeschüttet vor Dir
bis auf den Grund.

## Vorbei

Milchgläserne Trennscheibe
falbe Taube
Erinnerung.

JETZT
fällt ein
wie ein Lot.

Liebend geliebt
und auf dem Flug schon
und nicht mehr von hier.

## Bewegte Gedanken

Erreichbar
und
nicht zu fassen
suchend umkreist
geoffenbart
im Stromschlag
und
wieder verloren
Herzblume
leuchtend
und
verlöschend
vor den Augen
hundertmal verloren
und
aufgefangen
lebenslänglich
und
danach.

## Jenseits von...

Unter dem Glassturz
der Gewöhnung
kein Ausweichen
wirst du den heißen
Atem ertragen
außerhalb?
Dort bist du preisgegeben
dem freien Fall
in die zerbrechlichen Bilder
der Blinden
auf das Trampolin
der Hoffnung
aufgerissen im Wagnis
und tiefer
und hinein
hinein in eine
Hand.

## Leben, heilbar

Leben ist
offene Wunde
Schonzeit
für Heilung
wer hat sie?

Heilbar
durch Leben.

# Seit Menschengedenken

Der Schrei
bleibt im Hals
stecken
nein tiefer
frißt sich fest
der Atem stockt
ist Schrei
nur stumm
bleibt stumm
wühlt sich hinein
ist Schrei
ist stumm

ungezählt
ungehört
ohne Trost

hüllt einander
in die Mäntel des
Erbarmens.

## Karfreitag 1979

Sie füllen die Kirche
viele
Frauen ab sechzig
ziehen so ein
Klageweiber
einer verlornen
Generation
Brautwitwen
Niemalsbräute

Mütter von Waisen
verehren das Kreuz
ertragen ihr Kreuz.

# Darüber wächst

Brandmal
Vergangenheit
herausschneiden
bis auf die Knochen
und wieder wund
bis einestags
die Heute-Haut
darüber
wächst.

# Lernen

Flügel haben
und nicht fliegen
können
und müssen
und nicht können
stoßen an
und brechen.

Laufen lernen
müssen
mühsam
müssen

lernen.

## Macht

Angst
macht
schwach

schwach
macht
Macht

Macht
macht
Angst

## Nachricht

Vögel
beherrschen
den Luftraum
in friedlicher
Absicht.

## Masken

Eine Seele
gebt dem Henker
er hat sich
verdient gemacht
einen Schellenhut
dem Denker
der die Einfalt
umgebracht
und der Wahrheit
eine Maske
denn das ist
ein alter Brauch
nicht dem Träumer
laßt die Maske
und der Angst
der nehmt sie auch
eine Waage
gebt den Leichten
Feinde mit dem Fächer trennt
bis zum
Aschermittwochbeichten
keiner sich
noch andre kennt.

## Hexeneinmaleins

Sprossenlose Leiter
Hexeneinmaleins
erst drei, dann zwei
dreiviertel vorbei
neun und Besen
schon gewesen
was war
das war
was wahr
das wahr
zu schwer
fürs Spinnennetz
zu schwer -

## Der Vogel

Tief unten fließen
die uralten Ströme zusammen
Blut und Tränen versickern
schon hier.

Was bleibt
ist ein Vogel
der abhebt - - -

## Alles

Abspringen
vom fahrenden Zug
schwingen
über den Grat
nichts hält dich
hält dich zurück
Alles!

Schwerelos
überstehen
den Absturz.

## Goldlack

Wenn die Falken
um den Turm jagen
und der Goldlack
im alten Gemäuer
blüht
dann weißt du
es wird ein guter
Herbst sein
und die Gedanken
liegen breit
über dem Weinberg
voll Süße der Most

Friede kehrt ein
nach der wild
schäumenden
Gärung.

## Siebzehn

Gib den Gedanken
einen Halt
verletze nicht
die Flügel
meines Falters
wo führt der Weg
was fängt dich auf
wer gibt dich frei

uralt sind wir
gefangen
und möchten
siebzehn sein
mit einer Locke überm Ohr.

## Abend

Wenn das Boot
vom Ufer stößt
erheben sich
Vogelgedanken
es zu begleiten.

Breit schreibt das
Ruder
die Spur
in die geheimen Räume
der beginnenden Nacht.

## Kindheit

Sind wieder da
Maßliebchenliebchen
Wiesenschaum und Löwenzahn
Stiefmütterchen
aus rotkehlchenkehlchen -
farbenem Samt!

Den Butterwecken
bringt die Bauersfrau
kühl im Rhabarberblatt
und trollblumengelb
einen Strauß.

## Wie Sonnen

Wundersame Vögel
lassen sich nieder
Lapislazulivögel
und aus Nephrit

vergiß nicht
auf die Ränder zu achten
Ränder von allem
Ränder sind offen

Dahlien pflanzte der Vater
unten am Zaun
Dahlien groß
und wie Sonnen

# Dein Wort

Dein Wort
ein Federball
in weitem Bogen
fliegt, fällt auf mich zu
fällt mich zu
dein Wort
mich zu.

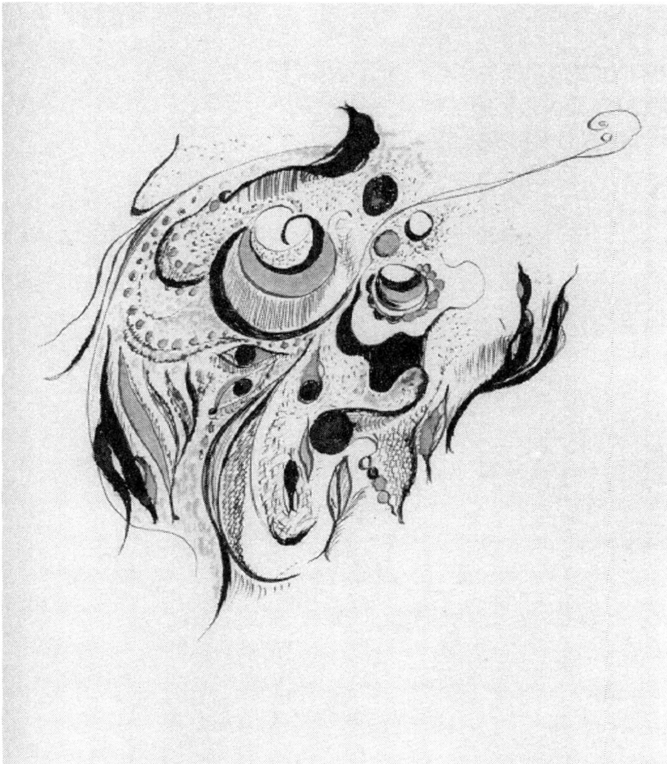

# Lauf!

Sich über den Zaun schwingen
und laufen, laufen
in die Arme der Welt!

# Flieg!

Wirf dich in die Luft
und fliege
flieg eine Schraube
schraub dich nach oben
dich ein in das Lichte
es paßt das Gewinde.

## Dann genug

Beim Verteilen der Plätze
stellt ER die Frage
„welchen hältst du aus?"
Die Antwort war:
„ich will eine Ordnung
und ein Glück."
ER gab ihm zwei Fußbreit
und einen Bogen
und ließ den spannen
über ein Leben
und hin bis zum
Äußersten.

## Auch das

Da ist keine
Vergangenheit
mehr
Zukunft nicht
ein Schwebebalken
Gegenwart
was Leben ist
erschließt sich
spät
alles ist
Leben
auch das
mit dem
Tod.

## Entlarvt

Im Abriß
eines
Augenblicks
ein Gesicht
auf dem Seziertisch
offengelegt
und dann
wieder vernäht und
glatt.

VORSTELLUNGEN

## Auf dem Berg

Auf schmalem Grat
dem Himmel nah
vollmundig
Glocken füllen das Tal
dort sein
und bei den
andern -

## Nie genug

Künftig nicht mehr
anheimfallen
dem Sonnentau
eininnern ins Haus
der Schnecken
Schmerz um der
Hautlosen Schmerz -
nicht genug
nie genug
geheilt.

## Hunderttausend

Dabeizustehen
wie einer sich
verschluckt
am Schrei
und nicht
mit ihm
zugrunde gehn
mit ihm
zugrund zu gehn!

## Blätter

Es fährt ein Sturm
durch das Geäst
es weht dich fort wie
Laub im Herbst
es warten Knospen
an den Zweigen
die Erde hält und
läßt dich treiben
bis die Blätter
liegen bleiben
an einem unbekannten Ort.

## Sicherheit

Ein Wort gibt nach
lehnst du dich an -
wer bist du
Mitmensch
Sicherheit auf Zeit
Wagen ohne Bremsen
Freund?

# Jagd

Und wenn du
mit goldenen Speeren
jagst das Glück und triffst
und es liegt dir zu Füßen
durchbohrt -

## Ohne Netz

Alt - werden - sein
nichts vergleichbar
dem Abenteuer
dem Mut!
Drahtseil ohne Netz.

Wo noch die
Leidenschaft, zu
leiden -

## Einsammeln

Einestags
werden sie um dich
herumstehen.
Taglöhner
Fremde in lachhaft
schlotternden Mänteln
dich schleppen, feierlich.
Und noch der Pfarrer
und noch die
Formalitäten.

## So ist es Zeit

Groß der Acker
Schnee
und Herbste
laß ein
in deine Haut
und weiten
nichts mehr grenzt
und alles Sommer.

Frühlinge steh'n noch aus.
Sie werden
nicht mehr kommen.

## Krankenhaus

Vor dem Röntgenzimmer
da kommt eine Frau
ihr Gesicht ist
Geschwür
aufgebrochen
preisgegeben

du schaust
vorbei
als wäre
nichts.

## Im Fadenkreuz

Beiseitetreten
für eine Zeit
aus dem Fadenkreuz
und dann wieder
sich hinstellen.
Und bleiben.

## Herzstille

Menschen von damals
ziehen vorüber
wie Schiffe
mit Segeln des Friedens.

Die Ladung ist
gelöscht.

## Möglichkeiten

Unser Leben spielt
sich ja nur
auf der dünnen
Kruste ab
die über den
Möglichkeiten liegt.

# Das Leichte

Du holst die Netze ein
wirst wie ein Sonnensegel
preis dich geben
zum letzen mal
auf eine Blume sehn
und es gelingt
ein Lächeln dir
zum letzen mal.

Und eingeschmolzen
wird das Schwere
dem Leichten gleichen.

# Frieden

Es zerfallen die Gärten
hinter den Jahren
notreif die Frucht
und bittersüß.

In den
weitläufigen Hallen
deiner Gedanken
hängen Kronleuchter
des Glücks.

## Die Nacht - der Tag

Die Nacht
voll von Gedichten -
wie ein
Schmierenschauspieler
deklamiert sie
der Tag.

## Ich trag dich

Halt dich fest
und frage nicht
ich trag dich
über den Fluß
die Brücke hält
- oder hält sie nicht -
ich trag dich ja
trag dich
über den Fluß.

## Halt

Stützbalken sein
stehen in der Mitte
und mit den Armen
halten das Dach.
Und es ist ein Kommen
und Gehn
leise -
von draußen nach innen
von innen nach außen
begegnen entgleiten
und wieder.

Und du stehst
und es ist dein Haus.

## Das Monogramm

Mit den Fingern
filigrane Schatten
an die Wände schreiben
in alte Folianten kleben
wenden Blatt um Blatt.

All die Bilder neu gefaßt
auf goldnem Grund
verblühen sacht und reifen.

Läßt den Sinn begreifen
ein eingebranntes Monogramm.

## Regenbogen

Ich schenk dir das Braun
dieser Erde
und den roten Lehm
meiner Heimat
die armen Äcker
des Schwesternkleides Weiß
das die Tiefflieger
nicht trafen im Krieg
oder das Blau des Abgrunds
von Himmel
wenn er an das Rapsfeld stößt
das Grün des kleinen Soldaten
- Bauchschuß -
seiner einundzwanzig Jahre Grün!
und das Schwarz der Konturen.
Schenk dir den Regenbogen
den ich trage
wie ein Schäffler beim Tanz.

## Wärmen

In den verlassenen
Bezirken der Freude
blüht ein Gedanke.
Es wärmen die Menschen
die einsamen Häuser
so läßt es sich wohnen
und Sieger geben
die Siege zurück.

# Assisi

Das Beben
Ende September 1997

Es sind die
sonnendurchfluteten Tage
kühl die Nächte im Tau
da bäumt sich das Land
und wieder
zerfallen die Bilder
der Alten
geliehen auf Zeit
und die Gebete
der Pilger
haben kein Dach
von heiligen Steinen
erschlagen
eben geborgen die Toten -
ruhelos bleiben die Hügel.

## Angst

Ich stehe hier
du stehst hier
ich gehe nicht weg, Angst
Angst, geh du

## Skulptur

Es ist die Zeit
in der die Träume
aus den Händen
fallen
verloren sind die Spiele
sie waren niemals Spiel

es formen blinde Hände
zerbrochne Flügel
zur Skulptur.

## Frau mit blauer Hand 1951
(zu einem surrealistischen Bild)

Wiegend nahen sich die Hüften,
kaum entquollen Hadesgrüften,

Hängt versonnen und allein
oben links ein rechtes Bein.

Schicksalsträchtig ihm verwandt,
hält den Mund die blaue Hand.

Antlitz strahlt verwegne Färbung,
alles andre bleiche Gerbung.

Stellen, denen Farbe fehlt,
machen erst das Bild beseelt.

Brüste schweben überm Leib -
sieh, es ist ein Menschenweib!

Fühlst du, wie die Malerseele
wühlte in des Daseins Höhle?

Mensch begreife, was du siehst,
ahne, daß du göttlich bist.

## Das Tor

Was ließe sich
vergleichen
mit dem Tor
durch das wir gehn
mit leichten Kleidern
auf der Haut

## Bajazzo

Wenn der Bajazzo lacht
lachen alle mit ihm
weint er
weint er allein.

## Das große Warten

Der Sehnsucht Turm ist
abgebrochen,
das Warten hat den
Bann gesprochen.

Es drängt sich ein
ins helle Haus
und breitet seine
Schwere aus.

Und wie der Uhren
Sand verrinnt,
des großen Wartens
Zeit beginnt:

Dann hockt es da
und wartet
und wartet
stumm.

## Goldkorn

Angeschirrt
an den Blutbaum
MACHT
euch die Erde
UNTERTAN
und wer denn zieht das
GNADENLOS
empfängt das Goldkorn
auf der Haut

## Wie kann ich...

Es sind die
glühendheißen Wüsten
wie kann ich mich
und dich erkennen
Quellwasser suchen
trinken
waschen alles
ab
abblättern
gleich den Rosen
häuten Schatten
dann nichts mehr sein
nur Licht.

## Gras

Bemüht
sich wieder aufzurichten
und sei es nur
bis zum nächsten Tritt
und wieder
aufdaß es
gemäht
werden kann.

## Sonnentauben

Sonnentauben Vogelkinder
Schattenechsentraum
bis in die Fingerspitzen jung
jung in den Augen
wird in verfallnen Häusern wohnen
Rücken an der Wand.
Heckenroseneingesponnen
morgenfeuchter Stein -

linkes Blatt und
rechtes Blatt
legt die Hex die Karten
sagt von der Schlacht im Kattegatt
von dem Soldat in Stalingrad, dem jungen
sagt von der Glut, der blauen
in eines Fremden Herd
sagt von dem Preußen- und vom Polenkind
von Flamen und Franzosen
bis ihr das Dach
trägt fort der Wind -

erwacht ein alter Mann
der sich ein Bett gemacht
auf ausgetretnen Stufen.

## Herbst

Wieviele Herbste noch
flammen und verglühen
sehn
Kaskaden wilden Weins
rot stürzen vom
Holunderbaum -

Der Bach ist ausgeräumt
die Ufer abgemäht
der Schierlingssamen
weit verstreut.

Es sammeln
welke Blätter sich
in der Ecke eines Hofs
und fliegen auf
und fallen irgendwo
anheim.

## Das Andere

Langsam
wie eine Blume
entfaltet sich das
Andere
doch
die Füße
stehen tief
im Schmerz.

## Kaltnadelradiert

Es ist verfügt
du hast es abzuleben
bis du es kannst.
Hier gibt es nichts
was zu beklagen wäre.
Mein Gott
laß mich verloren sein
in Deinem Trost.

## Spät im Sommer

Stein und Wacholder
verknotet im Sand
heidnische Heide
Altweibersommer -
Gespinn...

rinnen
lassen
den Sand
durch die Finger
warm durch die Finger
den Sand.

## Verweht

Spiegelgesicht
im Wasser verwischt
im Herbstgras
verfangen
verweht -

mit trockenen
Lippen
berühren beim
Abschied.

## Freiheit

Kerzenflammen
weniger heiß
im Innern.

Dorthin
flüchten

wenn schon
verbrennen.

## Über die Autorin

Anneliese Vitense, geboren 1921 in Schlüchtern (Hessen).

Stationen:
Berlin - Bad Schwalbach - München.

In den letzten 30 Jahren Ikebana-Studium bei japanischen Meistern in München und Kyoto (Japan).
Lehrmeisterin der Ikenobo-Schule, der ältesten Ikebana-Schule Japans.
War beteiligt an vielen Ausstellungen in Deutschland, Österreich und Japan.

Nach Einzelveröffentlichungen von Gedichten (u. a. „Die Zeit", 1968) ist dies ihre erste Buchveröffentlichung.

# Angst

Ich stehe hier
du stehst hier
ich gehe nicht weg, Angst
Angst, geh' du

April 98

Freiheit

Kerzenflammen
weniger heiss
im Innern

dorthin
flüchten

wenn schon
verbrennen – –

## Zum Geleit

Vortext zur Sendung „Das letzte Gedicht"
Jürgen Seeger im Gespräch mit Anneliese Vitense
8. April 1998, 19.30 Uhr
Programm „Bayern 2 Radio"

Gedichte sind ver-dichtete Erfahrung, poetische Schwingung und Stimmung, Erinnerung an Eigenes. Gedichte sind Worte, die ein Echo auslösen in uns. Die Gedichte von Anneliese Vitense kamen mir als Kulturredakteur des Bayerischen Rundfunks eher zufällig auf privatem Wege auf den Schreibtisch. Die meisten von ihnen mit der Hand geschrieben, einige auf einer älteren Schreibmaschine getippt.
Ich las das erste und war fasziniert von der Kraft der Bilder. Ich las das nächste und empfand ein Gefühl wie beim Hören tiefgründiger, spannender Stellen in den Klaviersonaten Franz Schuberts. Dann lernte ich die Verfasserin kennen, die 76jährige Anneliese Vitense, die noch nie an die Veröffentlichung ihrer Gedichte gedacht hatte.
Wir sprachen über ihr Schreiben, überhaupt über ihre Nähe zu künstlerischen Ausdrucksmöglichkeiten, die für sie eng mit der Welt des ZEN-Buddhismus verknüpft sind. Wir sprachen über die Kunst des IKEBANA und die japanische Gedichtform des HAIKU - und wir sprachen über „Das letzte Gedicht", jene ZEN-Tradition, die für Anneliese Vitense eine ganz besondere Bedeu-

tung hat, denn sie ist schwer krank. Den Gedanken an Sterben und Tod weicht sie nicht aus. Im Gegenteil: ihre Gedichte künden von der Auseinandersetzung mit diesem Thema, von ihrem Ringen, das Leichte im Schweren zu finden.

Inhalt


| | |
|---|---|
| Mohn (1978?) | 5 |
| Zugvögel (Apr. 78) | 6 |
| Oder auf Blau (Febr. 79) | 7 |
| Wirklichkeiten (10.6.79) | 8 |
| ...keine bleibende Statt (1984) | 9 |
| Abschied (um 1956) | 10 |
| Ein Tag mit Freunden (14.6.79) | 11 |
| Der Spatz (1958) | 12 |
| Unter dem großen Töpfer (18.6.79) | 13 |
| Einem Toten (3./4.3.63) | 14 |
| Schlaf (Jul. 79) | 15 |
| Schwelle (13.7.79) | 16 |
| Altes Lied weht vorbei (20.12.69) | 17 |
| Japanisches Schwert (1.7.79) | 18 |
| Altes Portrait (1979) | 19 |
| So sagt man (23.1.80) | 20 |
| Im Flug (30.7.80) | 21 |
| Herbst (15.10.87) | 22 |
| Sieben blaue Bäume (1983) | 24 |
| Freundlich (10.7.82) | 25 |
| Auf dieser Erde (10.7.82) | 26 |
| Unnennbar (1979) | 27 |
| Vorbei (16.12.82) | 28 |
| Bewegte Gedanken (1978) | 29 |
| Jenseits von... (8.5.79) | 30 |
| Leben, heilbar (4.8.80) | 31 |
| Seit Menschengedenken (4.11.78) | 32 |
| Karfreitag 1979 (1979) | 33 |
| Darüber wächst (1.7.79) | 34 |
| Lernen (Febr. 79) | 35 |
| Macht (1972) | 36 |
| Nachricht (20.8.86) | 38 |
| Masken (3.3.57) | 39 |
| Hexeneinmaleins (1984) | 40 |

Der Vogel (17.9.84) 41
Alles (17.9.84) 42
Goldlack (8./9. 8. 82) 43
Siebzehn (6.1.85) 44
Abend (7.4.85) 45
Kindheit (1985) 46
Wie Sonnen (5.9.85) 47
Dein Wort (12.3.86) 48
Lauf! (14.3.86) 49
Flieg! (26.3.86) 51
Dann genug (26.6.86) 52
Auch das (1984) 53
Entlarvt (23.8.86) 54
Auf dem Berg (5.10.86) 56
Nie genug (1986) 57
Hunderttausend (10.7.82) 58
Blätter (1979) 59
Sicherheit (25.150.84) 60
Jagd (17.10.86) 61
Ohne Netz (12.3.86) 62
Einsammeln (17.10.86) 64
So ist es Zeit (1997) 65
Krankenhaus (1989) 66
Im Fadenkreuz (14.3.86) 67
Herzstille (1986) 68
Möglichkeiten (Jul. 97) 69
Das Leichte (Jul. 97) 70
Frieden 71
Die Nacht - der Tag (1986) 72
Ich trag dich (26.10.84) 73
Halt (29./30.4.86) 74
Das Monogramm (3./4. 11.86) 75
Regenbogen (27.12.86) 76
Wärmen 77
Assisi (1997) 78
Angst (1968) 79
Skulptur (1998) 80
Frau mit blauer Hand 1951 81

| | |
|---|---|
| Das Tor (1.2.98) | 82 |
| Bajazzo (1962) | 83 |
| Das große Warten (1951) | 84 |
| Goldkorn (4.10.86) | 85 |
| Wie kann ich... (5.10.86) | 86 |
| Gras (24.7.87) | 87 |
| Sonnentauben (Dez.86) | 88 |
| Herbst (18.12.80) | 89 |
| Das Andere (24.2.98) | 90 |
| Kaltnadelradiert (6.1.75) | 91 |
| Spät im Sommer (1997) | 92 |
| Verweht (1998) | 93 |
| Freiheit (Apr.98) | 94 |
| | |
| *Über die Autorin* | 95 |
| *Zwei Handschriftproben* | 96 |
| *Zum Geleit* | 98 |
| *Inhalt* | 100 |

# EDITION EISVOGEL
# IM ALKYON VERLAG

In König Hanichs Reich. Märchenroman von Gerhard Staub
*144 S., 10 Ill., DM 16,80 ÖS 123,-SFR 16,00. 3-926541-00-8*
Die Stadt und die Schreie. Roman in 22 Erzählungen
von Eduardo Lombron del Valle
*120 S., 9 Abb., DM 16,80 ÖS 123,- SFR 16,00. 3-926541-01-6*
Leonardo da Vinci. Prophezeiungen, Italienisch-Deutsch
*102 S., 2 Abb., DM 16,80 ÖS 123,- SFR 16,00. 3-926541-02-4*
Der verlorene Apfelbaum. Eine Pfarrhauskindheit in der Mark
von Jutta Natalie Harder.
*168 S., 2 Ill., DM 18,80 ÖS 137,- SFR 18,00. 3-926541-03-2*
Unter der Platane von Gortyna. Kretische Prosa und Lyrik von
Zacharias G. Mathioudakis. 3. Auflage 1995
*96 S., 4 Ill., DM 16,80 ÖS 123,- SFR 16,00. 3-926541-05-9*
Christa Hagmeyer, Bewohner des Schattens. Kurze Prosa
*96 S., 8 Ill., DM 18,80 ÖS 137,- SFR 18,00. 3-926541-06-7*
Wie man eine Giraffe wird. Gedichte Russisch-Deutsch
von Wjatscheslaw Kuprijanow. 2. Auflage 1991
vergriffen. Neuausgabe in Vorbereitung
*144 S., 9 Ill., DM 22,80 ÖS 166,- SFR 21,00. 3-926541-07-5*
Anne Birk, Der Ministerpräsident. Bernies Bergung. 2 Erz.
*168 S., 5 Ill., DM 18,80 ÖS 137,- SFR 18,00. 3-926541-09-1*
Kay Borowsky, Der Treffpunkt aller Vögel. Gedichte
*96 S., 6 Abb., DM 17,80 ÖS 130,- SFR 17,00. 3-926541-10-5*
Margarete Hannsmann, Wo der Strand am Himmel endet
Griechisches Echo. Gedichte Neugriechisch-Deutsch.
*Übertragen von Dimitris Kosmidis. 144 S., 10 Abb.*
*DM 22,80 ÖS 166,- SFR 21,00. 3-926541-11-3*
Lisa Ochsenfahrt, Ohne nennenswerten Applaus. Kurze Prosa
*96 S., 5 Abb., DM 17,80 ÖS 130,- SFR 17,00. 3-926541-12-1*
Ulrich Zimmermann, Ins weiche Holz des Balkens
Von vernagelten Horizonten und anderen Hämmern
*96 S., 5 Abb., DM 17,80 ÖS 130,- SFR 17,00. 3-926541-23-7*
Justo Jorge Padrón, In höllischen Sphären. Gedichte Spanisch
und Deutsch. Übertragen von Rudolf Stirn*144 S., 3 Abb., DM*
*20,80 ÖS 152,- SFR 19,00. 3-926541-24-5*

## Kleine ALKYON Reihe

M. Gernoth, Die Bitterkeit beim Lachen meiner Seele. Ged.
*80 S., 4 Abb., DM 16,80 ÖS 123,- SFR 16,00. 3-926541-13-X*
Michail Krausnick, Stichworte. Satiren, Lieder und Gedichte
*80 S., 5 Abb., DM 16,80 ÖS 123,- SFR 16,00. 3-926541-14-8*
Imre Török, Cagliostro räumt Schnee am Rufiji. Geschichten
*140 S., 1 Abb., DM 16,80 ÖS 123,- SFR 16,00. 3-926541-16-4*
Dimitris Kosmidis, Der Muschel zugeflüstert. Gedichte
*80 S., 6 Abb., DM 16,80 ÖS 123,- SFR 16,00. 3-926541-18-0*
Bruno Essig, Ruhige Minute mit Vogel. Gedichte
*80 S., 5 Abb., DM 16,80 ÖS 123,- SFR 16,00. 3-926541-19-9*
Anne Birk, Das nächste Mal bringe ich Rosen. Erzählung
*130 S., 3 Abb., DM 16,80 ÖS 123,- SFR 16,00. 3-926541-20-2*
Jürgen Kornischka, Nacht im Flügelhemd
*80 S., DM 16,80 ÖS 123,- SFR 16,00. 3-926541-22-9*
Irmtraud Tzscheuschner, Ines Konzilius. Roman
*144 S., 8 Abb., DM 16,80 ÖS 123,- SFR 16,00. 3-926541-21-0*
Peter Kastner, In Fabel-Haft
*120 S., 4 Abb., DM 16,80 ÖS 123,- SFR 16,00. 3-926541-26-1*
Ingeborg Santor, Amsellied und Krähenschrei. Gedichte
*80 S., 1 Abb., DM 16,80 ÖS 123,- SFR 16,00. 3-926541-32-6*
Rudolf Stirn, Die Hürde des Lichts. Roman
*130 S., 12 Ill., DM 18,00 ÖS 131,- SFR 17,00. 3-926541-33-4*
Olaf Reins, Das zweite Leben des Herrn Trill. Geschichten
*130 S., 3 Abb., DM 19,80 ÖS 145,- SFR 19,00. 3-926541-39-3*
Imre Török, Ameisen und Sterne. Märchen u. a. wahre Gesch.
*132 S., 1 Abb., DM 16,80 ÖS 123,- SFR 16,00 3-926541-49-0*
Bernd Hettlage, Wie ich Butterkönig wurde. Erzählungen
*132 S., 1 Abb., DM 16,80 ÖS 123,- SFR 16,00 3-926541-54-7*
Gerhard Staub, Sternenflug. Erzählungen
*148 S., 15 Abb., DM 18,80 ÖS 137,- SFR 18,00 3-926541-58-X*
Olaf Reins, Waterhouse. Erzählungen
*172 S., 1 Abb., DM 19,80 ÖS 145,- SFR 19,00 3-926541- 78-4*

## Junge ALKYON Serie

Paß gut auf alle Menschen auf. Gedichte zum Jahreswechsel
Anthologie der Kl. 7 Max-Born-Gymnasium Backnang
*80 S., 8 Abb., DM 14,80 ÖS 108,- SFR 14,00. 3-926541-27-X*
Lotte Betke, Das Lied der Sumpfgänger, Erzählung
*130 S., 7 Abb., DM 16,80 ÖS 123,- SFR 16,00. 3-926541-34-2*
Klaudia Barisic, Ich möchte das Meer sehen, Prosatexte
*96 S., 3 Abb., DM 18,80 ÖS 137,- SFR 18,00. 3-926541-36-9*
Monika Eisenbeiß, Kinder, Chaos und ein Koch
*144 S., 1 Abb., DM 16,80 ÖS 123,- SFR 16,00. 3-926541-37-7*
Lotte Betke, Wir würden's wieder tun. Erzählung
*182 S., 6 Abb., DM 19,80 ÖS 145,- SFR 19,00. 3-926541-38-5*
Signe Sellke (Hrsg.), Engel sind keine Einzelgänger
Texte von Kindern der Scherr-Grundschule Rechberg
*80 S., 27 Abb., DM 14,80 ÖS 108,- SFR 14,00. 3-926541-41-5*
Manfred Mai, Hinter der Wolke. Roman
*130 S., 3 Ill., DM 16,80 ÖS 123,- SFR 16,00. 3-926541 42-3*
Irmela Brender, Fünf Inseln unter einem Dach
*178 S., DM 19,80 ÖS 145,- SFR 19,00. 3-926541-47-4*
Manfred Mai, Mut zum Atmen. Jugendroman
*128 S., 1 Abb., DM 16,80 ÖS 123,- SFR 16,00 3-926541-50-4*
Martin Beyer, Fragezeichen. Erzählung
*178 S., DM 19,80 ÖS 145,- SFR 19,00 3-926541-52-0*
Lotte Betke, Rotdornallee
*108 S., 5 Abb., DM 14,80 ÖS 108,- SFR 14,00 3-926541-59-8*
Rudolf Stirn, Der Weg nach Nurmiran. Märchenroman
*250 S.,18 Abb., DM 19,80 ÖS 145,- SFR 19,00 3-926541-67-9*
Lotte Betke, Lampen am Kanal
*118 S., 5 Abb., DM 14,80 ÖS 108,- SFR 14,00 3-926541-68-7*
Andreas Pesch, Bosniens Herz ist groß und nah. Erzählungen
*135 S., 1 Abb., DM 16,80 ÖS 123,- SFR 16,00 3-926541-76-8*
Udo Straßer, Der Sternenskorpion. Erzählung
*132 S., 4 Abb., DM 16,80 ÖS 123,- SFR 16,00 3-926541-86-5*
Joachim Hoßfeld, Aus dem Tagebuch des Katers Brandner
*134 S., 12 Abb., DM 19,80 ÖS 145,- SFR 19,00 3-926541-89-X*
Sylvia Frey/Julia Kaufmann, Ute eckt an.
Erzählung aus Klasse 8 Max-Born-Gymnasium Backnang
*84 S., 3 Abb., DM 16,80 ÖS 123,- SFR 16,00 3-926541-97-0*
Sylvia Keyserling, Im Baum sitzt ein Koalabär
*132 S., 7 Ill., DM 18,80 ÖS 137,- SFR 18,00 3-933292-00-X*

-.-

E. Marheinike, Das Backnanger Hutzelmännchen
*120 S., 5 Ill., DM 16,00 ÖS 117,- SFR 15,00. 3-926541-04-0*
Gerold Tietz, Satiralien. Berichte aus Beerdita
*96 S., DM 17,80 ÖS 130,- SFR 17,00. 3-926541-08-3*
A. Birk u.a.(Hrsg.), Beifall für Lilith. Autorinnen über Gewalt
*185 S., DM 18,80 ÖS 137,- SFR 18,00. 3-926541-17-2*
Rud. Stirn, Faustopheles und Antiphist. Ein FAUST-Palindram
*188 S., DM 20,00 ÖS 146,- SFR 19,00. 3-926541-25-3*
Wjatscheslaw Kuprijanow, Das feuchte Manuskript. Roman
*144 S., 5 Ill., geb. DM 26,00 ÖS 190,- SFR 24,00.3-926541-15-6*
Rudolf Stirn, Wie ein Licht aufzuckt. Ein Josef-K.-Roman
*112 S., DM 16,00 ÖS 117,- SFR 15,00. 3-926541-29-6*
Lotte Betke, Feuermoor oder Sieh dich nicht um. Roman
*180 S., DM 19,80 ÖS 145,- SFR 19,00. 3-926541-28-8*
Christa Hagmeyer, Auf unsern Nebelinseln. Gedichte
*90 S., 3 Abb., DM 17,80 ÖS 130,- SFR 17,00. 3-926541-31-8*
Helga Meffert, Orang-Utan oder Die Wurzeln des Glücks. Erz.
*80 S., 2 Abb., DM 16,80 ÖS 123,- SFR 16,00. 3-926541-30-X*
Rudolf Stirn, Menetekel, Abgesang. Ein FAUST-II-Palindram
*130 S., DM 18,00 ÖS 131,- SFR 17,00. 3-926541-35-0*
michael fleischer, selbstgespräche monoton
*148 S., DM 22,80 ÖS 166,- SFR 21,00. 3-926541-40-7*
Miodrag Pavlovic, Die Tradition der Finsternis. Gedichte
*96 S., DM 18,80 ÖS 137,- SFR 18,00. 3-926541-43-1*
Wjatscheslaw Kuprijanow, Der Schuh des Empedokles. Roman
*192 S., DM 22,80 ÖS 166,- SFR 21,00. 3-926541-44-X*
Johannes Poethen, Das Nichts will gefüttert sein
Fünfzig Gedichte aus fünfzig Jahren. Klappenbroschur
*64 S., DM 18,80 ÖS 137,- SFR 18,00. 3-926541-45-8*
Hans Klein, Diese Erde. Gedichte
*80 S., DM 16,80 ÖS 123,- SFR 16,00. 3-926541-46-6*
Dimitris Kosmidis, Die Botschaft der Zikaden. Ged. Kl.broschur
*96 S., 9 Abb., DM 22,80 ÖS 166,- SFR 21,00. 3-926541-48-2*
Heinz Angermeier, Gesichter der Landschaft. Lyr. Texte. Kl.brosch.
*64 S., 3 Abb., DM 20,80 ÖS 152,- SFR 19,00 3-926541-51-2*
Rudolf Stirn, Anton Bruckner wird Landvermesser. Roman
*156 S., DM 22,00 ÖS 161,- SFR 20,00 3-926541-53-9*

Wolfgang Kaufmann, Bonjour Saigon. Roman
*Ln. geb., 240 S., DM 36,00 ÖS 263,- SFR 33,00 3-926541-55-5*
Conrad Ceuss, Wohl- und Übeltaten des Bürgers Borromäus
*148 S., DM 16,80 ÖS 123,- SFR 16,00 3-926541-56-3*
Ursula Geiger, Die Töchter in der Zeit der Väter, Erinnerungen der Enkelin des Schweizer Theologen Hermann Kutter
*132 S., DM 16,80 ÖS 123,- SFR 16,00 3-926541-57-1*
Sergio Chejfec, Geografie eines Wartens. Roman
Aus dem argentin. Spanisch v. Karin Schmidt
*164 S., DM 22,00 ÖS 161,- SFR 20,00 3-926541-60-1*
Christa Hagmeyer, Unterm Schattendach
Geschichten zwischen Tag und Traum
*94 S., DM 17,80 ÖS 130,- SFR 17,00 3-926541-61-X*
Armin Elhardt, Das Blinzeln des Abendsterns. Prosa
*94 S., DM 17,80 ÖS 130,- SFR 17,00 3-926541-62-8*
Katharina Ponnier, Die Grille unter dem Schellenbaum. Roman
*230 S., DM 22,80 ÖS 166,- SFR 21,00 3-926541-63-6*
Wjatscheslaw Kuprijanow, Eisenzeitlupe. Gedichte. Broschur
*92 S., 3 Abb. DM 18,80 ÖS 137,- SFR 18,00 3-926541-64-4*
Matthias Kehle, Vorübergehende Nähe. Gedichte. Broschur
*82 S., 1 Abb. DM 16,80 ÖS 123,- SFR 16,00 3-926541-65-2*
Widmar Puhl, Wo der Regenbaum stand. Gedichte. Broschur
*74 S., DM 16,80 ÖS 123,- SFR 16,00 3-926541-66-0*
Marianne Rentel-Bardiau, La promeneuse / Die Spaziergängerin.
Gedichte Französ.-Dtsch. Übertr. v. Reinhard Walter. Broschur
*80 S., DM 18,80 FFR 58,00 ÖS 137,- SFR 18,00 3-926541-69-5*
Ralf Portune, Den Überlebenden. Gedichte. Broschur
*76 S., DM 17,80 ÖS 130,- SFR 17,00 3-926541-70-9*
Alexander Ruttkay, Ein Fremder kehrt zurück. Roman
*123 S., 3 Abb., DM 19,80 ÖS 145,- SFR 19,00 3-926541-71-7*
Angelika Stein, Indische Stimmen. Erzählung
*72 S., 1 Abb., DM 17,80 ÖS 130,- SFR 17,00 3-926541-72-5*
Winfried Hartmann, Nachtgeflüster. Gedichte
*95 S., DM 18,80 ÖS 137,- SFR 18,00 3-926541-73-3*
Rolf Augustin, Diesseits und jenseits der Grenze.Kurze Prosa. Br.
*83 S., 1 Abb., DM 18,80 ÖS 137,- SFR 18,00 3-926541-74-1*
Ulrich Maria Lenz, Irgendein Tag in der Zeit. Gedichte
*121 S., 1 Abb., DM 19,80 ÖS 145,- SFR 19,00 3-926541-75-X*
Lotte Betke, Inmitten der Steine. Gesammelte Gedichte
*77 S., 1 Abb., DM 17,80 ÖS 130,- SFR 17,00 3-926541-77-6*

Jan Wagner, Beckers Traum. Erzählung
*81 S. DM 16,80 ÖS 123,- SFR 16,00 3-926541-79-2*
Gerold Tietz, Böhmische Fuge. Roman
*168 S., 4 Abb., DM 19,80 ÖS 145,- SFR 19,00 3-926541-81-4*
Anne C. Krusche, Wie ein Mantel aus Schnee. Roman
*214 S. DM 22,80 ÖS 166,- SFR 21,00 3-926541-82-2*
Joachim Hoßfeld, Steigen und Stürzen. Ein Bericht
*164 S., DM 19,80 ÖS 145,- SFR 19,00 3-926541-83-0*
Marc Degens, Vanity Love. Roman
*286 S., 1 Abb. DM 24,80 ÖS 181,- SFR 23,00 3-926541-84-9*
Wassilis Ellanos, Hier meine Erde. Chorischer Hymnus
*80 S., 13 Abb., DM 19,80 ÖS 145,- SFR 19,00 3-926541-85-7*
U.+ G. Ullmann-Iseran, Die Rückkehr der Schwalben. Roman
*148 S., 12 Abb., DM 22,80 ÖS 166,- SFR 21,00 3-926541-87*
Rudolf Stirn, Mörike, der Kanzler, Kleiner und Ich. Cappriccio
*111 S., DM 18,80 ÖS 137,- SFR 18,00 3-926541-88-1*
Walter Aue, Der Stand der Dinge. Neue Gedichte
*84 S., DM 18,80 ÖS 137,- SFR 18,00 3-926541-90-3*
Anita Riede, Ein Fingerhut voll Licht. Gedichte
*67 S., DM 17,80 ÖS 130,- SFR 17,00 3-926541-91-1*
Knut Schaflinger, Der geplünderte Mund. Gedichte
*99 S., DM 19,80 ÖS 145,- SFR 19,00 3-926541-92-X*
Sonja Maria Decker, Das Dunkel zwischen den Lichtern. Roman
*348 S., DM 24,80 ÖS 181,- SFR 23,00 3-926541-93-8*
Stefanie Kemper, Herrn Portulaks Abschied. Erzählungen
*84 S., DM 18,80 ÖS 137,- SFR 18,00 3-926541-94-6*
Ingeborg Santor, Schlafmohntage. Erzählungen
*91 S., DM 18,80 ÖS 137,- SFR 18,00 3-926541-95-4*
Martin Beyer, Nimmermehr. Roman
*109 S., DM 18,80 ÖS 137,- SFR 18,00 3-926541-96-2*
Wjatscheslaw Kuprijanow, Wie man eine Giraffe wird. Gedichte
Russisch-Deutsch. 3. veränderte u. erweiterte Aufl.
*133 S., DM 22,80 ÖS 166,- SFR 21,00 3-926541-98-9*
Rudolf Stirn, Der Gedankengänger. Roman
*84 S., DM 18,00 ÖS 131,- SFR 17,00 3-926541-99-7*
Anneliese Vitense, Sieben blaue Bäume. Gesammelte Gedichte
*108 S., 5 Ill., DM 18,80 ÖS 137,- SFR 18,00 3-933292-01-8*